令男人放弃江山的美人

英子 著

图书在版编目（CIP）数据

令男人放弃江山的美人 / 英子著. -- 北京：台海
出版社，2016.8
（极品女人丛书）
ISBN 978-7-5168-1108-5

I. ①令... II. ①英... III. ①女性 - 名人 - 列传 - 世
界 - 通俗读物 IV. ①K818.5-49

中国版本图书馆CIP数据核字(2016)第200017号

令男人放弃江山的美人

著　　者：英子

责任编辑：俞滟荣
版式设计：深圳时代新韵传媒　　　　责任印刷：蔡旭

出版发行：台海出版社
地　　址：北京市朝阳区劲松南路1号　　邮政编码：100021
电　　话：010-64041652（发行，邮购）
传　　真：010-84045799（总编室）
网　　址：www.taimeng.org.cn/thcbs/default.htm
E－mail：thcbs@126.com

经　　销：全国各地新华书店
印　　刷：深圳市源昌盛彩色印刷有限公司
本书如有破损、缺页、装订错误，请与本社联系调换

开　　本：787mm×1092mm　　1/32
字　　数：400千字　　　　　印　　张：25
版　　次：2016年8月第1版　　印　　次：2016年8月第1次印刷
书　　号：ISBN 978-7-5168-1108-5

定　　价：249.50元

前　言

　　此刻，你将走近这些熠熠生辉的女子：林徽因、陈圆圆、西施、张爱玲、李清照、布朗特三姐妹……

　　她们或才华横溢，或沉鱼落雁；她们或成就历史，或改变历史。无一例外的是，她们都有着令人折服的魅力，有着受人尊重的才华，都曾经拥有过荣耀的人生征途。

　　《王朝后院的极品红颜》、《历史上的巾帼传奇》、《屹立世界巅峰的女王》、《令男人放弃江山的美人》、《中外绝代才女秘事》这5本书中的30个女子，穿越岁月长河与我们相遇。

　　成功男人背后必定有一位与众不同的女人，《王朝后院

的极品红颜》揭开重重历史的迷雾，探寻在成功男人光环覆盖下的聪慧女子。芈月、孝庄皇后、卫夫子、长孙皇后……她们用美貌或智慧改变王朝兴衰、更替历史轨迹。经年之后，当人们再次翻开长卷，风华依旧。

《历史上的巾帼传奇》记载了众多不让须眉的巾帼英雄。红尘滚滚拦不住荏苒岁月，她们以女儿身叱咤在血雨腥风的战场，或凯旋，或失意，得到男儿也鲜有的尊荣和显耀。她们之中有"拜将封侯"的秦良玉，"梵蒂冈封圣"的贞德，乱世浮沉改变了她们的命运，而她们又改变了这个坎坷浊世。

《中外绝代才女秘事》中的主角们如同阳光下盛放的娇艳玫瑰，她们从纯净少女蜕变成绝代才女，走过了花月云雨，闪耀着咏絮之才的傲人华辉。林徽因、李清照、勃朗特、张爱玲……她们才华横溢也百般妩媚，她们燃烧岁月照亮坎坷旅途，谱写动人芳华和生命印记。

自古红颜多薄命。《令男人放弃江山的美人》书写了举世闻名的美女，她们羞花闭月的容颜却敌不过红尘滚滚，甚至无能为力地成为男人的附庸。那惊鸿一瞥的美丽，终究化为袅袅青烟，消散在浩渺天际。貂蝉、西施、杨玉环、王昭君、陈圆圆、赵飞燕……这些耳熟能详的古典美人，逃不过宿命，一波又一波看似繁华的过往，奏出一曲又一曲泣泪哀婉的悲歌。

《屹立世界巅峰的女王》以武则天、伊丽莎白女王、埃及艳后等权力巅峰女王的视角，讲述她们改变世界的旷世惊人之路。她们掀起政坛风云，创造世界历史。

"极品女人丛书"以古今中外杰出的女性为题材，以优美的文风，清新的语言，波澜起伏的故事，展现女性心灵成长轨迹。

这些历史上的传奇女性，她们值得被铭记，值得被传颂，值得我们去阅读，并享受这片刻美好的时光。

目录

第一辑　倾国间谍貂蝉

倾国间谍 貂蝉

——这一世，你是我遗忘千年的红颜知己，当吕布看到貂蝉的第一眼，就喜欢上了这个女人。

为了她，吕布即便再背负一个弑杀义父罪名又当如何？

在貂蝉牺牲自己离间吕布与董卓的关系之后，转身回眸，却发现已爱上了这位勇猛的将军。

既然已经成为他的人，何必再去想前因？

此生，你我染尽红尘，散尽伤感的思念，执手相伴共度日后的人生。

倾世红颜难由己

在中国古代，每朝每代都会诞生出一位传奇的美女，她们如琬似花、粉妆玉琢的容貌，让无数的英雄好汉倾倒，为她们疯狂，为她们拼杀。

她们就靠着昙花易谢的花容月貌，改变了一段又一段的历史。

像令吴三桂与刘宗敏都追慕的陈圆圆，为国远嫁他乡的王昭君，三国有名的女间谍貂蝉等。

她们之中又以古代四大美女"沉鱼落雁、闭月羞花"最为有名。

其中闭月指的便是貂蝉。

传说貂蝉在花园中拜月时，有云彩遮住月光，王允恰

好路过看到这副美景。

一位肤若凝脂、曼妙多姿的少女跪在花园里，一身洁白素衣衬托着她皎洁无瑕的肌肤，仿佛是这片黑夜里最为耀眼的银色月光，连天上的月亮都黯然失色，羞愧地躲到乌云背后。

此后王允就对人说貂禅比月亮还漂亮，称为"闭月"。

蔡东藩在《后汉演义》里是这样评价貂蝉的：

司徒王允累谋无成，乃遣一无拳无勇之貂蝉，以声色为戈矛，反能致元凶之死命，粉红英雄真可畏哉。

并说："庸讵知为一身计，则道在守贞，为一国计，则道在通变，普天下之忠臣义士，猛将勇夫不能除一董卓，而貂蝉独能除之，此岂尚得以迂拘之见，蔑视彼姝乎，貂蝉，貂蝉，吾爱之重之！"

这位美艳惊世的奇女子，不仅有着倾国倾城的美貌，还有着聪慧灵秀的头脑与大义凛然的胸怀。

　　她是三国时期最有名的女间谍，她的故事最早出自《三国志平话》、《三国演义》等小说演义。

　　虽然最早记录她的是小说演义，但从历史记载的蛛丝马迹里，却能看到她的原型。

　　关于她的原型有许多说法。

　　首先，貂蝉并不是她的姓氏，在古代，管理宫中头饰、冠冕的女官才被称为"貂蝉"。

　　所以对貂蝉原本的姓名和身份，引出许多遐想，奈何时间久远，史书记载又不详细，这位美丽的少女一直朦胧若现地出现在人们的面前。

　　作为中国古代四大美女之一，貂蝉也有一段感人肺腑的传说故事，也有一个红颜薄命的结局。

　　窈窕淑女，君子好逑。

　　容貌过于漂亮，既是女人的武器，也是女人的悲哀。

　　有些男人对美人趋之若鹜，就如饮鸩止渴一般，永无止境。

在那样的一个男权至上的时代，这些绝代美女又当如何自处？

自黄巾农民起义后，东汉政权名存实亡。

封建社会便是这样，分久和，和久分，受苦的永远是百姓。

貂蝉出生在东汉末年江陵的一个没落家庭，在这兵荒马乱的社会里，她被家里送进了宫。

原本这是一条不错的出路，但那时的东汉王朝已是强弩之末，各地军阀割据混战，在貂蝉进宫不久就发生了十常侍之乱。

骄纵跋扈的董卓带兵进京，罢黜皇帝，另立陈留王，挟天子以令诸侯。在朝中只手遮天，飞扬跋扈，俨然一副得志小人的模样。

凡是反抗他的人都被陷害身死，大臣敢怒不敢言。

因为宫廷政变，貂蝉被迫出逃，父兄不知去向，她与母亲一道流落街头。

王允见她们可怜，便将她们带回府中收容，王允的夫人见貂蝉颖慧雅洁，婉顺得体，便命她作了贴身侍婢。

到 12 岁的时候，貂蝉已长得凤仪玉立，清丽似月晕。

由于长期寄人篱下，貂蝉养成了一套善于察颜观色的本领，这是作为间谍不可或缺的资质。

再加上她生性聪慧，善解人意，不但得王夫人的欢心，就连王允本人也对她另眼相看，在王府获得了一定的地位。

如果她没有一颗忧国忧民的心，如果她那时狠下心来为自己，她将能一直在王府幸福地生活下去，不用经历人生百态，不用凄苦断肠。

然而这世间又能有几个如果，无论是貂蝉亦或者其他传奇的女子，历史已经发生，除非有一天真能出现如电视剧那般神奇的穿越，否则将永远改变不了她们的人生。

自火烧洛阳，迁都长安后，把持朝政的董卓仗着权势、军队，收服以勇猛著称的猛将吕布，并与其父子相称。

得吕布，便如虎添翼，吕布的骁勇善战闻名三国，朝

堂上再无人敢反对董卓。

有一次，北地招安降士数百人，董卓以此为名在长安郊外的郿坞邀公卿聚饮。

董卓命人将降士数百人，绑在百官面前，断其手足，凿去眼睛，割掉舌头，放在大锅中熬煮。

百官失色，战战兢兢，腹中翻滚，却不敢在董卓面前呕吐。

董卓俯扫百官，对他们反应颇为自得地说道：

"这些人公然反对朝廷，我杀之，公卿可有疑问？"

所谓的朝廷还不是他董卓的，众人心中明白，却无一人敢说话。

董卓继续饮食，谈笑自如，仿若刚刚以残忍手段屠杀的不是人，而是一些牲畜。

王允在席间胆战心惊，他之前就知董卓手段狠毒，杀人不过头点地，但未曾想到他的狠毒已经令人发指。

为了清除政敌，他可以无所不用其极，如此下去大汉王朝焉能保存？

没过多久，又发生了一件事，令王允坚信了一日不除董卓，江山危矣，自己的命也难以保存。

一天，百官在朝堂议事，突然吕布来到董卓身边，耳语数句。董卓点了点头，吕布来到张温身边，一声令下，将张温揪下朝堂，不久，侍从托着张温的头入献。

董卓命吕布劝酒，把人头在众人面前一一呈过，然后说道：

"汝等人对我顺从，我不害你们，我是受天保佑的人，害我的人一定会失败。"

张温曾是董卓的上司，因为不与其苟合，为董卓所怨恨，董卓得势之后，数次想要害他，欲加之罪何患无辞。

月下献身美人计

王允惊惧张温惨死的同时，也想起以前曾对董卓轻视过，不禁胆寒。

每每想到张温的惨状，王允都夜不能寐，站在荼蘼架旁暗暗落泪。

他知道要除董卓，就必须分离他和吕布的关系。

一日，他愁眉苦脸在花园里来回踱步，忽听一声叹息，悄悄走过去，发现是貂蝉，询问原因。

貂蝉先是讲了王允如何收养她，如何让她过上幸福的生活，自己如何希望能够感恩图报。

然后话锋一转，讲到她最近总见到王允愁眉不展，特

别是今晚更是坐立不安，料想一定有什么重大的事情，十分棘手，看到王允痛苦，不禁长叹。

接着她表示，只要王允有用得着她的地方，她一定万死不辞。

月光下，貂蝉美得不可方物，连王允都不禁看呆了。

夜月正圆，一副月影婆娑的美景，衬托着貂蝉，王允心生一计。

他当即跪倒在貂蝉的面前，道出想法。

这一跪，这一席话语，覆灭了貂蝉往昔的一切。

淡雅幽静的日子将要离去。

面对白发苍苍，对自己有恩的老人，貂蝉是无法拒绝的。

她扶起王允，接受了这本不该由她承受的罪。

她既没有过人的才能，也没有巾帼英雄的谋略英勇，她只有她的绝世容颜、曼妙舞姿。

《三国演义》作者罗贯中分别用两首诗歌来赞叹貂蝉的歌舞双绝：

原是昭阳宫里人，惊鸿宛转掌中身，只疑飞过洞庭春。

按彻梁州莲步稳，好花风袅一枝新，画堂香暖不胜春。

又诗曰：

红牙摧拍燕飞忙，一片行云到画堂。

眉黛促成游子恨，脸容初断故人肠。

榆钱不买千金笑，柳带何须百宝妆。

舞罢隔帘偷目送，不知谁是楚襄王。

容颜、身姿不过是旦夕之间的财富，若能图得报恩，若能安定天下，她用一次又何妨。

在得到貂蝉的同意之后，王允便按部就班地谋划。

《三国志》、《后汉书》提到过：

布与卓侍婢私通，恐事发觉，心不自安。

布即是指吕布，卓则是董卓。此话的意思是吕布与董卓的婢女私通。

这里的婢女在《三国演义》里则是貂蝉。

王允将家藏的明珠数颗，令匠人嵌成一只金冠，使人

秘密送给吕布。

吕布大喜，当即赶到王允家中致谢。王允抓住了吕布贪财的弱点。吕布一介武夫，贪财重利，很容易就上钩了。

王允盛情招待，当酒饮至七分醉时，貂蝉从内室款款而来，吕布眼睛立即就直了。

三推四就之后，醉意重重中，王允告诉吕布，愿意把貂蝉嫁给他做妻子，又欲擒故纵地说：

"要不是怕董卓见疑，一定会留你在家里过夜。"

吕布喜滋滋地离去。

第二天，王允又请董卓来家中一叙，依样画瓢，让貂蝉扮为歌姬，有意无意地召唤出来给董卓看。

果然，董卓一见貂蝉美艳绝伦的脸庞，婀娜多姿的曲线，便走不动路。

王允看准时机，亲自献出貂蝉，董卓听了很是高兴。

当王允送董卓回来还未进家门就被吕布拦住了。吕布一把揪住王允，怒骂："老贼戏我！"拔剑就要砍。

王允立即笑容可掬地告诉吕布，董卓把貂蝉带走，是要为吕布主婚，并要吕布把王允自己家中的一些珠宝带走，说是给貂蝉出嫁作首饰的。粗枝大叶的吕布立即兴冲冲地赶到相府，未曾想过这是王允设下的计谋。

可怜吕布被董卓训斥了一顿，不禁没能得到貂蝉，还得罪了他的义父。

残暴骄横的董卓从此与貂蝉日日欢歌笑语，夜夜琴瑟笙箫，看得吕布醋海翻波。

终于他忍不住来找貂蝉。

貂蝉一见吕布来到董府，就知时机到了，她将吕布勾引到相府后花园中的凤仪亭来，又哭又说，将自己如何思念吕布，董卓又如何将自己奸污。现在此身已污，不得服侍英雄，愿死在吕布面前，以绝了吕布的思念。

还没有说完，就手攀曲栏，往荷花池便跳，慌得吕布一把抱住，貂蝉乘机倒在吕布怀中，说道：

妻在深闺，闻将军之名，如雷贯耳，以为当世一人而已。谁思反受他人之制！妾度日如年，愿将军怜悯而救之。

意图挑起吕布反对董卓。

吕布听了此话，当即心花怒放，原来美人心依旧向着自己。英雄难过美人关，吕布最终是败在了自己手上。

正当吕布还在高兴的时候，董卓因久未见貂蝉，到后花园中寻觅。

只见吕布把他的方天画戟放在旁边，抱着貂蝉说悄悄话。董卓无名火起，抢过画戟就刺，吕布掉头便走。董卓身体臃肿，赶不上，飞起一戟，被吕布一拳打落在草中。

自此之后，吕布与董卓的关系彻底破裂。

王允乘机把吕布接到家中，痛斥董卓把吕布的貂蝉抢走，说是要为吕布报仇，在一番同仇敌忾的氛围中，刺杀董卓的计划便周密完成。

一代奸雄董卓，最终惨死在吕布之手。

吕布如愿以偿地得到了貂蝉。

之后的日子里，吕布不论去哪儿都带着貂蝉。

貂蝉此时正值花季，平日见过的男人大都如董卓、王允之流。

吕布高大英俊的身姿深深地吸引着她，他臂膀是那样

的厚实可靠，令在乱世飘零的貂蝉有了安全感，她最初的目的是为了离间他和董卓之间的关系，但最终爱上了眼前这个男子。

世人常说："人中吕布，马中赤兔。"

如此骁勇善战的英雄，怎么会不得美女的挚爱呢？

不然的话，貂蝉在完成任务之后，便早已离去。

她之所以留下，就是因为她动情了。

无奈乱世别离愁

　　这一世，你是我遗忘千年的红颜知己，当吕布看到貂蝉的第一眼就喜欢上了这个女人。

　　为了她，吕布即便再背负一个弑杀义父罪名又当如何？

　　在貂蝉牺牲自己离间吕布与董卓的关系之后，转身回眸，却发现已爱上了这位勇猛的将军。

　　既然已经成为他的人，何必再去想前因？

　　此生，你我染尽红尘，散尽伤感的思念，执手相伴共度日后的人生。

　　缘起缘灭，所有的事都有阴错阳差。

　　吕布既然已经卷入这红尘繁事，又怎能轻易就此脱身。

　　《三国演义》第十九回即"下邳城曹操鏖兵，白门楼

吕布殒命"。

吕布带着貂蝉，逃出长安之后，又经历过濮阳大战，占领过定陶，夺过徐州，辕门射戟调解刘备与袁术的矛盾，最后在下邳被曹操打败。

原本那个深明大义、侠肝义胆的貂蝉，似乎随着连年征战已经被磨去了原有的勇敢，变得碌碌无为、儿女情长了。

谋士陈宫劝吕布舍弃妻儿突围，貂蝉得知之后，心下凄然，质问吕布是否要抛弃她而去。

"将军与妾作主，勿轻身自出"。

吕布见到貂蝉两行清泪，终究是不忍心，舍不得她。

最后在白门，吕布被自己的部将缚住献给了曹操。

可怜吕布在连年转徙征战中终究因放不下貂蝉，被曹操斩于下邳。

貂蝉毕竟只是一位普通的女人，她并不知道她的一番话会带给吕布什么，若是她知道了结局还会如此质问吕布吗？

失去吕布的貂蝉，就像乱流里失去方向的船，此生又

将漂向何方？

作为三国历史中最闻名的女子，貂蝉的事迹却在史书中少之又少。"长安兵变"之后，这位绝世美女的下落成为了一个谜团，让人捉摸不定。

作者罗贯中也没有将她的结局交代清楚就草草了事，于是她的结局就变成了一个千古迷案。

在民间对貂蝉后来的命运众说纷纭，存在着"惨死"和"善终"两大系列。

有的说是自刎而死，有的说曹操为笼络关羽连同赤兔马一起将她送给了关羽，关羽留下骏马却斩杀了美人。至于真相，已无从考证了。

擦肩而过，谁负了谁的心，从此，那一抹容颜遗落天涯，此生再无相见之日。

若能时光回转，她是否还会走上这条路，亲手将最爱

一步步地逼向绝境。

然而人生便是如此，如一盘棋局，落子无悔。

以棋局形容三国真的是再合适不过。

三国是一盘大的棋局，而貂蝉便是一颗棋子，她以身躯改变了三国格局。董卓身死，为曹操称霸间接地起到了很大的帮助。

作为一颗棋子，当用完的日子，她便已经没有意义了，这就是最大的悲哀。

历史上其他的美女大都如此结局，不得不说是红颜多薄命。

第二辑 倾国美女西施

倾国美女

西施

传说某日，在碧水蓝天下，一位美丽的浣纱女，端坐溪边，素手执弄，纤细轻巧，足下涓涓细水流淌而过，水中的鱼儿游过她的脚边，被她的美丽吸引，看得发呆，忘记游弋，"扑腾"一声沉入了水底。

于是乎，后世用"沉鱼"来形容西施的美貌，西施也因此与王昭君、貂蝉、杨玉环并称为中国古代四大美女，成为美的化身和代名词。

溪水边的浣纱女

最近一部讲述战国时期后宫女人争斗的电视剧受到许多人的喜爱，春秋战国时期的轶事历史也因此热门一时。

当所有人都在关心宣太后一生的时候，我却想起了另一个传奇女子——西施。

公元前473年的冬天，吴国首都姑苏城被奔袭而来的越国大军攻破，吴国灭亡。中国古代四大美女、吴王宠妃西施的人生轨迹戛然而止，她绚烂的生命之光随着灰飞烟灭的吴国没入了尘封的历史长河。

没有人记述她最后去向何方，就像貂蝉一样，她仿佛是人世间最渺小的烟尘，随风而逝，没有人在意她，不知道她曾做过的惊天大事。

西施死后，中国逐步进入封建时代，到处充满着黑暗与不公。

男权至上的封建王朝常常对女性的评价非常苛刻，往往不会注意她们的功绩，忽视她们曾为国为民做出的牺牲，而一旦她们有了过错，便劈头盖脑地一顿臭骂，用词之刻薄，有时令人替她们觉得不公。

西施就曾受到了这样不公正的"待遇"。

西施在历史舞台上的辉煌时光，只有昙花般的短暂几年，身为女子的她为国为民的功绩被大多数人忽略，留下的是"红颜祸水"的骂名。

后世，尤其是吴人对其大加指责，恶意抹黑。只有少数人暗暗佩服她，为其作诗辩白，抱打不平。

崔道融《西施滩》云：

宰嚭亡吴国，

西施陷恶名。

浣纱春水急，

似有不平声。

罗隐云：

家国兴亡自有时，

吴人何苦怨西施。

西施若解倾吴国，

越国亡来又是谁？

中国古代四大美女享有"闭月羞花之貌，沉鱼落雁之容"。

其中沉鱼指的就是西施，而沉鱼落雁，闭月羞花，又以沉鱼为先，是以西施为中国古代四大美女之首。

关于沉鱼的说法有几种解释，其中以浣纱女的故事最为有名。

传说某日，在碧水蓝天下，一位美丽的浣纱女，在溪边端坐，素手执弄，纤细轻巧，足下涓涓细水流淌而过，水中的鱼儿游过她的脚边，被她的美丽吸引，看得发呆，忘记游弋，"扑腾"一声沉入了水底。

于是乎，后世用"沉鱼"来形容西施的美貌，西施也因此与王昭君、貂蝉、杨玉环并称为中国古代四大美女，成为美的化身和代名词。

事实上，"沉鱼落雁"是个成语，出自《庄子·齐物论》：

毛嫱、丽姬，人之所美也，鱼见之深入，鸟见之高飞，麋鹿见之决骤，四者孰知天下之正色哉。

西施原名施夷光，家住在诸暨苎萝山。苎萝山分为东、西两个村子，施夷光住在西村，所以又被叫做西施。

西施的父亲靠卖柴为生，母亲以浣纱为生。

她从小家境贫寒，但天生丽质，倾国倾城，相传东村的邻家女子想要仿效西施皱眉抚胸的美感，结果闹出"东施效颦"的笑话。

美丽年轻的西施常常在溪边浣纱。清秀的发丝，轻柔的雪纱，朦胧的细雨，三者已成为文人墨客笔下标准的江南风景。

唐朝李商隐时代，诸暨苎萝山的乡人为西施建立了纪念祠堂。

当时西子祠具有相当规模，此后屡兴屡废。

因美而闻名，也许并不是好事。西施的美貌，很快就让她牵涉到了残酷的政治之中。

越国与吴国作战期间，越国几乎被夫差消灭。勾践被迫退守今天绍兴境内的会稽山向吴国求和。

勾践作为人质去吴国当奴隶。

他针对"吴王淫而好色"的弱点，出国前与大夫范蠡商量，选一美女，加以教导训练，献给吴王夫差，让他放松警惕。

后范蠡意外寻得西施，并晓之以理、动之以情，说服了西施。

西施毅然由越入吴开始她的灭吴大计。

在吴国首都姑苏的生活，可能是西施一生中最幸福的时光，不用辛苦浣纱，又有爱惜她的人在身边。

吴王夫差非常宠爱西施，听说她擅长跳"响屐舞"，就专门为她筑"响屐廊"。

为博得美人一笑，吴王不惜代价，命人排列数以百计的大缸，铺上木板，西施穿木屐起舞，裙系小铃，与大缸

的回响声"铮铮嗒嗒"交织在一起，回荡在宫廷之中。

　　吴王夫差却不知这是亡国之音。此时的他浑然不觉危险即将悄然降临，每日与西施作乐，忘却曾经的胸怀大志。

含恨跳江难得善

金戈铁马，战火硝烟，吴国最终还是灭亡了。与其说败给了越国的兵马，倒不如说败给了西施的美貌。

西施出色完成了任务，却给后人留下了千古谜案。

她最终的归宿又在何方？

后人给西施编排的后半生故事主要有两大类，一类是浪迹江湖之说，一类是沉身江底之说。流传最广的是前者。

最早的记载来自于东汉袁康的《越绝书》，说吴亡后"西施复归范蠡，同泛五湖而去"。

传说西施世事已了，与越国的大夫范蠡泛舟江湖，不知所终。

但这种说法没有考据，而且不符合常理。

范蠡是楚国人，出生于布衣之家，却有匡世奇才。他劝说西施去夫差身边是为了国计，吴国灭亡之后，范蠡早已知道勾践会如何对他，所以早就远遁，西施与他并无交集。

有关西施与范蠡双宿双栖的说法，在文学作品中出现最多。

李白就说西施"一破夫差国，千秋竟不还"。

苏东坡则写得更明白："五湖问道，扁舟归去，仍携西子。"

而在《国语》和《史记》中记叙范蠡退隐一事，却没有谈及西施。

西施和范蠡的爱情故事固然浪漫，却没有可考的凭证。

比西施稍晚的《墨子》记载，西施最终归宿并不是范蠡，而是魂归西天。

《墨子》一书有载："西施之沈，其美也。"

"沈"在先秦古文中是"沉"的意思。

汉赵晔的《吴越春秋》有"吴亡后，越浮西施于江，令随鸱夷以终"。"鸱夷"是装尸体的皮囊。

以上二者皆说西施最终是沉于江底，相较文人墨客的

诗词更具有权威性。因此，可以推测西施极有可能是跳江自尽。

另外在《东周列国志》中说，西施死于越王勾践的夫人之手。

越国消灭吴国后，勾践垂涎西施美貌，越王夫人害怕西施威胁自身地位，到处传播流言，说西施是"亡国之物"，并以此为借口，让下属将其诱出，绑上大石沉入江底。

"红颜祸国"一词在古代经常见，西施因貌美而被当作"祸水"。其实这只不过是个由头，真正被杀的原因不得而知。

正直的君子、大夫，一面称赞、垂涎西施美貌，一面斥责西施祸国该杀。究竟哪个才是他们真正的心声？

还有民间传说，认为是愤怒的吴国百姓将西施杀死。

吴国灭亡后，百姓们认为她是祸国殃民的狐狸精，是越国送来勾引吴，导致吴国灭亡的罪魁祸首。于是，吴国百姓们将她绑起来，丢在扬子江心。

《东坡异物志》记载：

扬子江有美人鱼，又称西施鱼，一日数易其色，肉细味美，妇人食之，可增媚态，据云系西施沉江后幻化而成。

所以，由此可见，西施沉江而死的可能非常大。

无论哪种推测，都无法改变她死亡的真相。而后人种种的推测与描述，其实是对她美貌的一种肯定。

趣闻轶事留百世

如今，西施所在的春秋战国时期已经离我们远去，而她的传说却没有止息。

其中以珍珠的传说和"西施舌"的传说最为有名。

珍珠被人类利用已有数千年的历史，传说西施原本是月宫中嫦娥的掌上明珠，也就是珍珠的前身。

明珠闪闪发光，十分逗人喜爱，嫦娥时常捧在掌中把玩，平时则命五彩金鸡日夜守护，唯恐丢失。

金鸡以前就有把玩明珠的欲望，但嫦娥在旁，没有机会，只能看着珍珠。

有一次，嫦娥恰好离开。金鸡赶紧偷偷将明珠含在口中，躲到月宫后面玩赏起来。却因为玩得忘我，不小心把明珠掉落，飞入人间。

金鸡大惊失色，为逃避责罚，也随之向人间追去。

明珠飞入人间之后，落在了浦阳江边一施姓农家之妻口中，被其吞下，从此施姓农家之妻似有了身孕。

一晃十六个月过去了，女子生下一美丽的女孩，取名西施。

西施长大后，在吴国败亡之后，就化作珍珠留在人间，为黎民百姓造福。诸暨也因此成为珍珠养殖之乡驰名中外，这一传说至今已有两千五百多年的历史。

另一个传说"西施舌"，则是一种菜。

相传"西施舌"是一种叫"沙蛤"的海产壳类做成的。因那贝壳被打开时，吐出的白肉像是一条小舌头，不免令人联想多多，故名"西施舌"。

吕居仁的诗曾说：

海上凡鱼不识名，百千生命一杯羹。

无端更号西施舌，重与儿童起妄情。

清人张焘《津门杂记》曾有诗：

灯花楼台一望开，放怀那惜倒金罍。朝来饱啖西施舌，不负津门鼓棹来。

清人郑板桥在《潍县竹枝词》中就写道：
更有诸城来美味，西施舌进玉盘中。

其实，西施舌产于蛤中早在宋代就有记载。
宋胡仔的《苕溪渔隐丛话》：
福州岭口有蛤属，号西施舌，极甘脆。

20世纪30年代，梁实秋先生在青岛顺兴楼第一次品尝西施舌：
一碗清汤，浮着一层尖尖的白白的东西，初不知何物，主人日西施舌，含在口中有滑嫩柔软的感觉，尝试之下果然名不虚传。

至今胶南一带还流传着这样一个传说。
吴国败亡之后，西施与范蠡在逃生的路上失散了，西

施咬断了自己的舌头吐于河中，恰巧落在一只正张开着壳的河蚌中，竟然在蚌体内存活了。并由河中进入大海，成为今天的美人舌。

拥有倾世美貌的西施背上复国的重任，这是她的不幸。

勾践是爱她的，是因为要利用她的美貌；夫差是爱她的，也是因为她的美貌，根本不是她这个人。

他们爱得轻浮，爱得随便，却让这位女子背负着"红颜祸水"的黑锅。

如果有一日她失去了美貌，又有谁会爱怜这位女子。

自古红颜多薄命，世间的美丽女子，尤其是那黑暗的岁月里，多是逃不过悲惨的命运。

一如那昙花再美也逃不出一日凋零，一如那一江春水终究会流向东边。

第三辑　羞花百媚杨玉环

羞花百媚 杨玉環

——亭台楼阁，一曲幽歌，几杯淡酒，无天下，无君臣，只有天涯共此生的情，只有那高处凭栏观云的爱。

回眸一笑百媚生，六宫粉黛无颜色。

她集三千宠爱于一身，可帝王的心思从来都琢磨不定。

公元 755 年，安史之乱，她被曾经爱过的男人亲手送上了断头台。

她就是中国古代四大美女之一的杨玉环。

玉环羞花百媚生

距今一千多年前的长安，曾是中国封建王朝最鼎盛的唐朝都城。

在这座传奇的都城曾诞生过许多的传奇女子，许多杳然朦胧的故事。

登上楼阁，遥看红尘，惊鸿闪现，莺歌燕舞。汉有赵飞燕，唐有杨玉环，环肥燕瘦，风情万种，令人流连忘返在这烈焰红尘。

然而伊人早逝，我们只能听到那淡淡青烟深巷里留下的美丽传说。

公元 719 年，杨玉环出生宦门世家。

门庭如此，注定她与政治有不解之缘。

杨玉环，其实并不是她的本名，她的名字在《旧唐书》、《新唐书》、《资治通鉴》里并没有明确的记载，《长恨歌传》只说她是"杨玄琰女"。

公元855年，也就是杨玉环死后大约百年，郑处诲编撰的《明皇杂录》里才第一次提及杨玉环的名字："杨贵妃，小字玉环。"

于是便有了"杨玉环"这个名字，一直沿用至今。

杨玉环的出身虽好，却不一定意味着以后一帆风顺。

人生就是如此，曲折波动，皆是戏。

开元十七年，杨玉环的父亲去世，年仅10岁的她被寄养在洛阳的叔父杨玄珪家。

杨玄珪曾任河南府土曹，也算是富贵人家，杨玄珪对这位侄女也还算好，所以她的童年过得还算幸福，受到了良好的教育。

五年后，杨玉环便出落得亭亭玉立，回眸一笑百媚生，后人将她封为中国古代四大美女之一的"羞花"。

传说杨玉环初入宫时，因见不到君王而终日愁眉不展。

　　有一次，她和宫女们一起到宫苑赏花，无意中碰着了含羞草，草的叶子立即卷了起来。

　　宫女们都说这是杨玉环的美貌，使得花草自惭形秽，羞得抬不起头来。从此以后，"羞花"也就成了杨玉环的雅称了。

　　天生丽质的她受到了王公子弟的追捧，不少人上门前来提亲。

　　如此一来，她不知不觉成为了杨家在政坛的一个筹码。

　　古代的士族大家经常以女儿的幸福作为筹码，相互联姻。若女儿能嫁入宫廷，得到皇帝的宠爱，那就是一人得道，鸡犬升天，整个家族能获得巨大的政治利益。

　　杨玉环便是这样一个可悲的牺牲品。

　　没有女人愿意以丑自居。但是，有时候美并不一定是好事，它给人带来无限荣耀的同时，也可能带来灾难。

　　开元二十二年七月，唐玄宗的女儿咸宜公主在洛阳举行婚礼，杨玉环应邀参加。咸宜公主之胞弟寿王李瑁对杨

玉环一见钟情，自此再也无法忘却。

心痒难耐的李瑁去求他母亲，即唐玄宗最为宠爱的妃子武惠妃。

武惠妃极为宠爱儿子，于是便向唐玄宗求得这场良缘，不久在"圣旨"的命令下，杨玉环嫁给了这个只见过一面的皇子，成为了寿王妃。

婚后，李瑁对她宠爱有加，两人日子过得幸福甜蜜。

她原以为就此可以与李瑁平平安安相守一生。但世事坎坷，其程度远不是她所能想象的。

在她与李瑁结婚不久，李瑁的母亲武惠妃意外病逝。唐玄宗失去了最爱的妃子，整日茶饭不思，后宫其他女子皆不能给他安慰。

这时有人便提到了杨玉环，说杨玉环与武惠妃长得颇为相似。唐玄宗册立杨玉环的时候，曾见过她一面，也留下了深刻印象，此时便想起来了，也觉得她眉目之间颇有武惠妃的风情。

但杨玉环已嫁作人妇，还是他的儿媳，若是与儿子抢女人，传出去有失皇家颜面。

看出唐玄宗心事的人，便顺藤摸瓜，为唐玄宗出谋划策。

开元二十八年十月，唐玄宗以为窦太后祈福的名义，敕书杨玉环出家为女道士，道号"太真"。

李瑁痛失爱人，一万个不愿也是无用，他不能忤逆父亲，尤其他的父亲还是帝王，掌管着所有人的生杀大权。

他只能等，他带着万般无奈与无法言语的委屈，等待着杨玉环有一天能回来。

这一等就是四年，每每站在窗前，看着杨玉环梳妆打扮的地方，看到那疏影摇曳的草木，就会想起以前与杨玉环花前月下，共度西厢的幸福生活。

然而这一去竟是永别，从此天涯两相忘，再也没有机会能够在一起。

天宝四年，唐玄宗把韦昭训的女儿册立为寿王妃，仅仅十天后，又册立杨玉环为贵妃。

司马昭之心路人皆知。

虽然弟娶嫂、儿子娶后母在少数民族国家是常有的事，

唐朝李氏也有一半的胡人血统，唐高宗李治也曾娶过自己的后母，但那都是昔人已亡故的情况下。

唐玄宗在儿子李瑁还活着的情况下，如此作为，等同陷李瑁于万般洪流之中，遭人讥笑。

悠悠岁月对李瑁来说已经无意义，从此他与帝位无缘，与杨玉环无缘。

三千宠爱在一身

唐玄宗册封杨玉环这一年，杨玉环不过刚刚 22 岁，唐玄宗已有 56 岁。

在古代，五十多岁已是高龄，这场别样的黄昏恋在大唐中期发生，并和大唐王朝的锦绣河山一起日渐没落。

杨玉环一进宫，凭着她倾城倾国的外表与婀娜多姿的舞蹈，很快令唐玄宗无法自拔地深陷其中，天天守着她形影不离，百官宴会、朝廷大典，无不将她带在身边。

如当初幽王为褒姒的一笑烽火戏诸侯，为了博得美人的欢心，唐玄宗每逢荔枝成熟季节总要委派专人通过每五里、十里的驿站，从四川驰运带有露水的新鲜荔枝。

唐朝诗人杜牧曾写过一首《过华清宫》：

长安回望绣成堆，山顶千门次第开。

一骑红尘妃子笑，无人知是荔枝来。

本来华清宫千重门，从山下到山顶一重重地敞开，一定是有重大紧急情报，岂会知那是为贵妃送荔枝。

杨玉环在生病中看到唐玄宗给她专门送来的荔枝是幸福的，但她不知道这样的幸福是要付出代价的，虽然厄运短时间还不会来临。

亭台楼阁，一曲幽歌，几杯淡酒，无天下，无君臣，只有天涯共此生的情，只有那高处凭栏观云的爱。

回眸一笑百媚生，六宫粉黛无颜色。

她集三千宠爱于一身，可帝王的心思从来都琢磨不定，也许有那么一天突然就失去了兴趣。

杨玉环也曾一时失宠而借酒浇愁，醉后忘乎所以，放浪形骸，这就是著名的"贵妃醉酒"。

一日唐玄宗与杨玉环有约，命设宴百花亭，同往赏花饮酒。

次日杨玉环先到百花亭，备齐御席候驾，岂知唐玄宗

一直没到，一打听方知唐玄宗去了江妃宫，杨玉环闻讯，醋意大盛，竟然一个人享用起预备的酒筵。

烈酒穿肠而过，似醉似醒，春情顿炽，忍俊不禁。于是竟忘乎所以，放浪形骸，频频与高力士、裴力士二太监，作种种醉态，风情万种，如一朵娇嫩的醉花，醉己醉人。

天宝五年的某一天，由于杨玉环恃宠骄纵，得罪了玄宗，被玄宗遣归娘家。

但没有几日，唐玄宗又思念杨玉环，茶饭不思，命高力士召她回宫。

《旧唐书》卷五十一记载：

五载七月，贵妃以微谴送归杨铦宅。天宝九载，贵妃复忤旨，送归外第。

《新唐书》卷七十六记载：

它日，妃以谴还铦第，比中仄，帝尚不御食，笞怒左右。

高力士欲验帝意，乃白以殿中供帐、司农酒饩百馀车送妃所，帝即以御膳分赐。

力士知帝旨，是夕，请召妃还，下钥安兴坊门驰入。
妃见帝，伏地谢，帝释然，抚尉良渥。

《资治通鉴》记载：
妃以妒悍不逊，上怒，命送归。

这几部正史虽未详细谈及这件事的发生过程，却异口同声地说是杨贵妃因犯错误得罪了玄宗而被送归娘家。

《资治通鉴》记载的理由是"妒悍不逊"，究竟发生了什么事，还是没说。

野史《开元传信记》记载：
太真妃常因妒媚，有语侵上，上怒甚，召高力士以辎送还其家。

这里就要涉及另一名妃子——梅妃。

根据宋人《梅妃传》记载，梅妃叫江采萍，比杨贵妃早 19 年入宫。

唐玄宗在最宠爱的武惠妃去世后，一度心中失落，宦官高力士趁机进言在全国选秀，并亲自挑选，在福建见到

了江采萍，将其带回宫中献给了唐玄宗。

江采萍容貌秀雅美丽，温柔腼腆，很快便掳获了玄宗的心。江采萍自小喜爱淡雅的梅花。唐玄宗得知后，便将她封为梅妃，特地为她栽种了一片梅林。

后来，唐玄宗又喜欢上了杨玉环。

杨玉环善音律，很快俘获唐玄宗的心。唐玄宗日日夜夜与杨妃在一起，很快就把梅妃忘却了。

梅妃擅长诗赋，一日，她写了一首《一斛珠》，托人带给玄宗。

唐玄宗想起昔日与梅妃在一起的情景，又对梅妃燃起旧情。于是，便召她入翠华西阁叙旧。不料，此事被杨贵妃探知，醋意大发，在唐玄宗面前闹。玄宗毕竟是皇帝，认为杨玉环有失体统，一怒之下，命人将杨贵妃送回娘家。

然而历史上的《旧唐书》、《新唐书》、《资治通鉴》，都没有记载有梅妃这个人。唯一记载的是从《梅妃传》衍化而来的。

天宝九年，杨贵妃再一次被遣送回了娘家。

这次被撵的原因《旧唐书》卷五十一天宝九载：

贵妃复忤旨，送归外第。时吉温与中贵人善，温入奏曰："妇人智识不远，有忤圣情，然贵妃久承恩顾，何惜宫中一席之地，使其就戮，安忍取辱于外哉！"

上即令中使张韬光赐御馔，妃附韬光泣奏曰："妾忤圣颜，罪当万死。衣服之外，皆圣恩所赐，无可遗留，然发肤是父母所有。"乃引刀剪发一缕附献。

玄宗见之惊惋，即使力士召还。

《资治通鉴》记载过"杨贵妃复忤旨"，大意是玄宗给杨家的一个下马威。因为杨贵妃的得宠，杨家也跟着显赫起来。随着地位的升高，杨家在朝堂上开始飞扬跋扈，甚至威胁到了皇室。

《新唐书》中记载：

出入宫掖，恩宠声焰震天下。每命妇入班，持盈公主等皆让不敢就位，建平、信成二公主以与妃家忤，至追内封物，驸马都尉独孤明失官。

从《新唐书》可以看出皇上的亲妹妹在三位夫人面前只能让座而不敢就坐，皇室都如此害怕，更不要说普通官员，杨家只手遮天、权力过大。玄宗杀鸡儆猴的策略就是要灭杨氏家族的威风。

很快，如唐玄宗的预料，杨家害怕失势，出面为杨贵妃求情。唐玄宗故意冷处理，对杨贵妃不闻不问。

玄宗虽然没有派人去接杨贵妃，但心中还是很想念的。后来，一个叫吉温的人来游说唐玄宗，玄宗趁机下台，把杨贵妃接回宫中，倍加宠爱。

战乱身死谁之过

公元755年，安史之乱爆发，杨玉环迎来了人生的末日，关于杨玉环的死有许多种说法。

第一种说法是她死于马嵬坡。

天宝十四年，安禄山以清君侧为名起兵叛乱，兵锋直指长安。

唐玄宗不敌，次年带着杨玉环与杨国忠逃往蜀中。途经马嵬坡时，陈玄礼为首的随驾禁军军士一致要求处死杨国忠和杨贵妃，随即哗变，乱刀杀死了杨国忠。

唐玄宗不忍杀杨玉环，但军士兵皆认为贵妃乃祸国红颜，若是不诛难慰军心、难振士气。

在士兵的包围下，唐玄宗为了自保，只得妥协，赐死了杨贵妃。最终杨贵妃被赐白绫一条，自缢在梨树下。

白居易在《长恨歌》中有写：

六军不发无奈何，宛转蛾眉马前死。

典故就是从这里来的。

《新唐书》中的记载与《旧唐书》大致相同，由此可见，杨贵妃确实死于马嵬坡。

第二种说法是她死于佛堂。

据《旧唐书·杨贵妃传》记载：

禁军将领陈玄礼等杀了杨国忠父子之后，认为"贼本尚在"，请求再杀杨贵妃以免后患。唐玄宗无奈，与贵妃诀别，"遂缢死于佛室"。

据《资治通鉴·唐纪》记载，唐玄宗是命太监高力士把杨贵妃带到佛堂缢死的。

第三种说法是她死于乱军。

此说主要见于一些唐诗中的描述。

杜甫《哀江头》的"明眸皓齿今何在，血污游魂归不得"；杜牧《华清宫三十韵》的"喧呼马嵬血，零落羽林枪"；张佑《华清宫和社舍人》的"血埋妃子艳"；温庭筠《马嵬驿》的"返魂无验表烟灭，埋血空生碧草愁"等诗句，都认为杨玉环死于乱军之中。

无论何种说法，杨玉环都无法阻挡命运的洪流。她死后，人们给她冠上了"红颜祸水"的头衔。

帝王之过，却叫一柔弱女子承担，谁又会了解，在这条路上，她从来都没有选择权。

第四辑 平沙落雁王昭君

　　——一曲美弹，几对人马，穿越茫茫沙漠，带去一缕香魂，勾起大汉王朝与少数民族之间的纽带。

　　她解救了万民于水火，结束了战乱，却被汉帝所抛弃，终生不能回到故国。

　　遥望塞外边关风沙漫漫，回首故国汉都烟雨朦胧。

　　她就是王昭君。

红颜无罪筑安宁

千百年的历史长河不知道卷走了多少女子的无奈与委屈，那绵延无尽的河水不知道汇聚了多少女子的红颜泪，直熬得红颜老去，黯淡无光。

都说红颜祸水，但是美丽却并无过错，红颜也并不一定就是祸水。沉鱼西施，用她的美丽换来了国家的复兴；闭月貂蝉，用她的美丽演绎着三国的爱恨情仇；倾国虞姬，用她的艳丽给了"霸王别姬"的惊鸿一瞥……

在那苍茫的大漠风沙之中，昭君，这样一个有着传奇色彩的美女，亦为后人诠释了美丽无罪。

李白为她写下了千古名篇《王昭君二首》：

汉家秦地月，流影照明妃。

一上玉关道，天涯去不归。

汉月还从东海出，明妃西嫁无来日。

燕支长寒雪作花，蛾眉憔悴没胡沙。

生乏黄金枉图画，死留青冢使人嗟。

昭君拂玉鞍，上马啼红颊。

今日汉宫人，明朝胡地妾。

杜甫为她写下了《咏怀古迹五首·其三》：

群山万壑赴荆门，生长明妃尚有村。

一去紫台连朔漠，独留青冢向黄昏。

画图省识春风面，环佩空归夜月魂。

千载琵琶作胡语，分明怨恨曲中论。

自古，那些青山绿水的地方就是诞生美貌女子的摇篮。树木的郁郁葱葱，溪水的清澈透明，鸟儿的欢快鸣叫，膏腴的南郡孕育了王昭君的动人与纯真。

村中那条色碧如黛、透彻如镜的香溪，见证了王昭君的亭亭玉立，也见证了她的婀娜娉婷。因此，姣好的少女

便以"良家子"的身份入选了掖庭，进入了宫中。

但深宫之中的复杂与黑暗不是她这样单纯的女子所能承受的。

虽然入宫多年，但王昭君却不得见御，倘若不是那一桩和亲，或许汉元帝永远不会知道，在他的后宫之中，有着一位柔情美人。

公元前33年，年近花甲的呼韩邪单于来到了大汉长安请求联姻，那些锦衣玉食的佳人，试问有哪个愿意同花甲之年的老人去荒无人烟的大漠度过自己的余生？

她们要的是亭台楼阁，绿柳垂堤，山清水秀，而不是黄沙漫天，野风怒号；她们要的是清茶细米，朱户绮窗，而不是牛羊腥膻，游走荒蛮。只有王昭君，毅然决然地选择了远嫁匈奴，联姻和亲。

也许下定决心之前，她也曾犹豫过，倘若能洞彻一个人的内心，就会看见她心中那阵阵的涟漪。可即便如此，王昭君还是决定出塞远嫁。

也许是看不惯那些所谓的公主王侯在国家危难的时刻

掩面后退，也许是对自己身在宫中却被人忽视的处境感到愤懑，也许她想要博得皇帝的青睐，从此不再做宫女，这样可以摆脱不见天日的生活。

然而一切都只是猜想，一个弱女子，愿意为了国家的安危而牺牲自己，去到那杳无人烟的荒蛮之地，这种义无反顾的决定，让世人尊敬与钦佩。昭君的美，让人赞叹，昭君的光环，让男儿汗颜。

狂乱的沙石倾听过她对国家不舍的心声，塞外的荒芜见证了她对民族和谐的愿望。在出塞的路上，王昭君一袭轻盈的纱裙，碎步缓缓，虽一身素衣，却也能尽情展现她的美丽。

乱世之中，她就像是一个美丽的棋子，决定了天下的安危。

为了国家，她心甘情愿。

只可怜元帝，被毛延寿的贪婪迷蔽了双眼，直到最后辞行一刻才知那画中人拥有绝世美貌。

王昭君，本名王嫱，字昭君，是西汉时期南郡一地出生的人，此地位于长江三峡中，一个叫秭归的地方。后人称她为明妃。

公元前35年，呼韩邪单于统一了匈奴，他三次到长安朝见元帝，并且提出愿与汉室结亲臣服之意。盖汉朝和匈奴和亲，向来以公主或宗室之女嫁之。

汉元帝吩咐人到后宫去传话："谁愿意到匈奴去的，皇上即赐其公主之名。"

后宫的宫女都是从民间选秀而来的，她们一进了深宫，就像鸟儿被关进笼里一样，都希望有一天能得到皇帝的恩宠。但是她们听说要离开中原去蛮夷之邦，日后更要无亲无故终老异乡时，她们全都却步了，还是宁愿待在不自由的皇宫里。

眼看这次和亲将要失败，就在这时昭君挺身而出，神色自若地提出自愿到匈奴去和亲。

临行时，元帝命昭君与呼韩邪单于相见。只见宣上殿来的昭君，娉婷顾盼，风姿绰约，元帝十分后悔，他想不到宫中竟然还有这样一位女子。

尽管汉元帝十分后悔不舍，可是君无戏言，无奈之下便封昭君为"永安公主"，并将她亲手送出。

昭君告别了故土，起程北去。她千里迢迢地到了匈奴，做了呼韩邪单于的阏氏，受封为"宁胡阏氏"。

从此她在这片土地上定居，她教会了匈奴百姓汉朝先进的农耕术和中原先进的文化。

远嫁他乡无归日

为了汉室王朝，王昭君走出了安稳的闺阁，走进了风沙漫天的荒蛮之地；走出了少女的幻想与憧憬，走进了荒野无边的异地他乡。褪去了少女的稚嫩与纯真，她化身成了一条坚强的纽带，紧紧维系着大汉与匈奴之间的和平。

皇城越来越远，而她，从此也与华夏大地永别了。

别得如此让人心疼，别得如此泪水涟涟，让世人赞叹千年。这一别，不知何时才能重回故乡，离别酸楚，唯有她知。

去往匈奴的路是漫长的，是寂寞的，没有了亲人，没有了友眷，一颗心便无从所依。

于是，那个俊朗英勇的御前侍卫，便住进了王昭君的心底，与宇文成的爱情是王昭君心里唯一的支撑与寄托。

可是，这样的爱情注定是没有结果的，他们的爱违反了礼教，违反了道德。

如果王昭君能够早一些遇见宇文成，或许她就不会选择去那遥远的大漠，或许她就不会进入宫中被人遗忘。然而爱情是如此的奇妙伟大，坠入爱河的男女充满了遐想，一切困难都牵绊不了他们对爱情的憧憬。

直到呼韩邪单于觉察了他们的关系，不仅刺死了宇文成的生命，还扼杀了王昭君对爱情的向往和她那颗本就孤冷的心。

世人赞誉她的伟大，赞叹她的贡献，却不知道她12年的孤独岁月到底是多么的悲苦。

曾经如花般娇羞的面容，曾经义气傲世的气骨，曾经沉醉痴迷的情思，如今都消失在了这沙漠之中，去留无影。

没有了汉赋诗歌的韵律，没有了繁花盛开，绿茵遍地，唯有茫然地承受岁月的忧伤，度日如年，时间像是静止在了黄沙之中，让她曾经的清高与柔婉，都变得如履薄冰，小心翼翼。

或许，王昭君应该庆幸，自己那年过花甲的丈夫并不是只懂得弯弓射大雕，他也有着侠骨柔肠的一面。可是红颜薄命，偏偏老天早早地唤去了呼韩邪单于，让新婚仅仅一年多的王昭君守了寡。背井离乡千里之外，唯一和她有些许亲近的丈夫也离开了她，如今只有年幼的孩子为伴，像是陷入了走投无路的处境。

丈夫去世了，冰冷无情的政治也该收场了。于是，王昭君上了一道表章，请求回到大汉，也早些结束自己的和亲生涯。可是命运偏要与她作对，皇帝的一纸冰冷的决定，让王昭君失去了希望，陷入了彻底的绝望。

按照匈奴人的习俗，老单于去世后，新任的单于要娶进老单于的王妃。相对于皇帝的无情拒绝，这大概是让王昭君更为之心寒的。

这样的关系，对于大汉女子来说简直是奇耻大辱，可是回不去大汉，王昭君却也只能在这异邦忍辱负重。

娇好柔美的女子，沦落到了这般模样，内心的悲楚无人倾听，只能淹没在无边的大漠。一脸泪水，一只琵琶，

仰天面对无垠的天空，写下了一曲悲伤的哀歌：

秋木萋萋，其叶萎黄，

有鸟处山，集于苞桑。

养育毛羽，形容生光，

既得行云，上游曲房。

离宫绝旷，身体摧藏，

志念没沉，不得颉颃。

虽得委禽，心有徊惶，

我独伊何，来往变常。

翩翩之燕，远集西羌，

高山峨峨，河水泱泱。

父兮母兮，进阻且长，

呜呼哀哉！忧心恻伤。

故国遥望魂归处

无论在匈奴还是在中原，只要与政治有关便都是如出一辙的残酷无情。

新任的复株累单于对于自己同父异母的弟弟，也视为眼中钉、肉中刺。

那弟弟便是王昭君与呼韩邪的孩子——伊图智伢师。

小小的一个幼童，对于单于的大位构不成什么危险，但是，他的血统，他的出身，他成人之后的能力，无一不让复株累充满了危机感。为了永绝后患，为了保住地位，为了政治权力，狠心绝情地骨肉相残。

最终，昭君的孩子伊图智伢师死于复株累单于的手中。

对于王昭君这样的女子来说，玩弄权术，钩心斗角，尔虞我诈，自然不在行。手无缚鸡之力的女子面对野蛮的残杀，也只能惊恐地注视，让那残忍的一刻永久地刻在了自己的心间。

没有了丈夫，没有了孩子，王昭君还要下嫁于前夫的儿子，羞辱与悲痛充斥了她的身体与灵魂，却束手无策，面对命运的悲惨，她早已心如死灰。

理所应当的，复株累单于成为了王昭君的第二任丈夫。或许，绝处逢生总是能给人一丝诧异，命运也不忍心折磨这个不幸的女子。

再嫁之后的 11 年里，成为了王昭君短暂人生中最稳定安适的时期，生活虽然清苦，却也没有战争杀戮，虽然已是再嫁，但也有了一对可爱女儿。大漠之中那冷清的毡房里，也久违地照进了和煦的阳光。

然而阳光再温暖，却也抵不过乌云的遮蔽，看似安定的生活将面临着又一次厄运。

公元前 20 年，王昭君的第二任丈夫复株累去世了，那

唯一一段安稳生活也就此中断。

王昭君再一次面临着无助与悲凉,但不同的是,这一回,没有人再逼迫她改嫁了。

似乎时间过于长久,远在大汉的皇帝早已把她忘记了,抑或如今的王昭君,对于朝廷已是无用的棋子,弃之也罢……

寡居的妇人独自看着茫茫的大漠,看着一望无尽的穹庐,无边岁月融成了寂寞的河流,流淌在了最深处,汇至全身,直流心底。

不到一年,悲苦的王昭君也撒手西去,香消玉殒在了无边的大漠。

那一年,她只有33岁,王昭君这朵如花美眷,只绽放了33年,却沾上了残暴的血腥,承受着命运的摧残,枯萎凋零了。

她本应拥有女人的快乐与幸福,却因自己的美貌而被人无情地利用,就这样牵连上政治,卷入到国家之间的纷争。无论怎样,她不敢动摇,哪怕一个瞬间的犹豫,便会让自

己背负千古罪名。

她有泪要流，爱有加，而是一生悲寂。孤单寂寞的背后，是人们看不见的辛酸泪、相思情。美丽优雅的背后，是世人体会不了的无助与迷茫。

暮色苍茫，再美的夕阳余晖也比不上她的惊艳绝美。南飞的孤雁，塞外的广漠，唯有昭君才是让人留恋的风景。那青冢上的葱绿，是她用素手撑起的脆嫩，只为让这漫天的迷黄，添上一抹别样的华彩。

时光匆匆，岁月悠悠，此去苍茫大漠行，终是无悔在心间。

第五辑　倾国名姬陈圆圆

倾國名姬

陳圓圓

　　——皓月当空，繁星闪烁，不见佳人，唯有绝世寂静。

　　曾有这样一位女子，素手执玉，朱唇微启，轻吟浅唱，叹尘世繁华，诉天长地久。

　　澹绣天然，蕙质兰心，此情此景，谁会料到有朝一日，她会成为众矢之的？

玉笛悠扬思情人

一席银色的月华，缓缓晕开了夜幕的暗影，秦淮河的柔水宛如晶莹剔透的白玉一般清澈宁静。

微风习习，催动了心田的丝丝涟漪，一层层的波浪仿佛是心间的波澜，嫣然地缓缓起伏。

皓月当空，繁星闪烁，不见佳人，唯有绝世孤寂。

曾有这样一位女子，素手执玉，朱唇微启，轻轻低唱，叹尘世繁华，诉天长地久。

澹绣天然，蕙质兰心，此情此景，谁会料到有朝一日，她会成为众矢之的？

谈红颜，叹薄命。女子秀美妍丽本是好事，可往往结局却偏偏都化为了坏事。

陈圆圆无疑是这类女子的代表。

她天资聪颖，事无巨细，一学就会。

她倾国倾城，貌美如花。她醉人的容颜、曼妙的舞姿、动听的歌喉，迷住了当时的所有人。

这位柔弱的少女，因家境贫寒成为一名歌伎，"陈圆圆"是她的艺名。

当歌姬的时候，才艺、容貌出色的她，成为了众多公子王孙迷恋的对象。受到很多人的追捧。她的美丽、她的舞姿俘获了男人的心。

琴弦弹响、玉笛清扬。

烟雨过后的江南，绚烂的彩虹隐隐约约透着夏日荷花的幽香。

羌笛悠美的乐声伴着她秀丽的倩影，轻盈的旋律牢牢俘获在场的所有人的心。

台前的她颠倒了众生，台后的她忧伤不安。

歌伎陈圆圆的名字传遍了大街小巷，慕名而来的没有上千，也有几百。

她的美、她的舞，又仿佛透露出木偶般的无奈，让人

感受到隐隐的不安。

台下观看的那些男人们，都垂涎陈圆圆的美色，一颗颗不安分的心，蠢蠢欲动，觊觎着她的美。

渐渐的，她在酒色中忘却了自我，日复一日出卖自己的青春，伪装已不再是虚伪，而是真实的演绎。她原先欺骗着众人，现在是欺骗自己。

男客人想将她占为己有，老鸨当她是摇钱树，商人们想要金钱，男人们想要美女。

她也曾有对爱情的渴望，对爱人的期盼。身处繁乱之处，有些事身不由己。

或许，在旁人看来，她只是一个烟花柳巷的女子；或许，众人都觉得她已经没有获得爱情的权利。

她不要山盟海誓，不要轰轰烈烈，只求平平淡淡，岁月静好，安安稳稳地度过余生。但这只是她的期盼罢了。

于是，等待，成为了她生命中的存在。

看破红尘遁空门

有人说，陈圆圆是"红颜祸水"，她只是一名歌姬，这样的帽子对她来说过于沉重，她没有能力去改变一个王朝的更替。

与吴三桂相识、相知、相爱，是她的不幸，也是她的幸运。

从此后，她的美貌再也不用出现在声色犬马的风月场，但换来的却是无穷无尽的指责。

如果没有遇见吴三桂，她的命运又将如何？

命运的轨迹中，没有"如果"二字。

吴三桂与陈圆圆相遇在一次宴会中，她翩然坠地的长裙、纤细白嫩的玉手、精致的妆容、秀美的容颜，无一不吸引着吴三桂的目光。

陈圆圆也因为遇见吴三桂，而打开那颗冰封已久的心。

此时的明朝，气数已尽，清朝的军队已经逼近京城。

驻守山海关的吴三桂收到了闯王李自成的来信。原来李自成已攻破京城，劝吴三桂归顺自己。

更可悲可气的是，名扬天下的歌伎陈圆圆也已经被李自成的部下刘宗敏掳去。

吴三桂也因此做出了"冲冠一怒为红颜"的惊世之举。

于是，上天便把绝世美女陈圆圆与山海关联系在了一起。

这样的悲剧同时让陈圆圆开始了难挨的厄运。

世俗将一切罪恶的源头迁怒于陈圆圆。

那些流传的话语实在是可怕至极，陈圆圆只不过是一个普通的女子罢了，何德何能来改变朝代？她，不过是被拿来承受罪过的罪人。

千古谜案难说清

其实，对于陈圆圆最终的归处有许多种说法，其中比较有名的便是遁入空门，除此之外还有几种说法。

《甲申传信录》记述较详，说李自成入北京后，刘宗敏居皇亲田宏遇第，向吴三桂之父吴襄索取陈沅，吴襄回答说陈沅送宁远吴三桂处，已死。

也就是说陈圆圆于崇祯十六年死于宁远。

这种说法的可信度并不高。因为吴襄在刘宗敏威逼之下说陈沅已死，很可能只是敷衍之辞，并非实话，而且刘宗敏索取陈沅一事本身也值得怀疑。

据明、清民间传说，陈圆圆并非死在宁远。吴伟业《圆圆曲》即采取了传说，记述了陈圆圆在农民起义军攻占北

京后为李自成所得，后来又复归吴三桂的情节。

传说中吴三桂被封为平西王后，在云南建苏台，营郿坞，华贵无比。

陈圆圆常歌"大风之章"，向他献媚，吹捧他"神武不可一世"，因而受到吴三桂数十年如一日的专房之宠。

可是，后来吴三桂的叛乱，也变成了陈圆圆的"同梦之谋"。

陈圆圆的结局，也和吴三桂一起"同归歼灭"。

这里，被"歼灭"的细节未具体言明，大概是指被清军所杀或作为罪囚被处死。

无论哪种死法，对陈圆圆来说都没有选择，也许她曾后悔过，也许她曾无助过，但留给她的依旧只有死亡。

有时候死也是一种解脱，如果真有来世，愿她不再重蹈覆辙，能够拥有自我地过一世安稳。

第六辑 掌中曼舞赵飞燕

——南燕翩跹飞过，滑过雾霭露珠，留下一道倩丽的身影，似梦，似幻，如七彩云朵流波荡漾，让人想起千年前的另一位佳丽——赵飞燕。

掌中飞燕，翩若惊鸿，燕子翩跹，如梦起舞，风情万种，旖旎无限。

南燕翩跹留身影

南燕翩跹飞过，滑过雾霭露珠，留下一道倩丽的身影，似梦，似幻，如七彩云朵流波荡漾，让人想起千年前的另一位佳丽——赵飞燕。

掌中飞燕，翩若惊鸿，燕子翩跹，如梦起舞，风情万种，旖旎无限。

梦回大汉王朝，一个在舞蹈上造诣很深的女子，被尊为孝成皇后，母仪天下，贵倾后宫。她就是大汉王朝的赵飞燕。

赵飞燕是私生女，一起出生的还有孪生妹妹赵合德。

看着两个可爱的女儿呱呱落地，无能的父亲却无力抚养，将她们丢弃到荒郊野外。

幸得苍天眷顾，姐妹二人并没有因此夭折。

　　父亲也许是突然良心发现，也许是骨肉情深，又将她们姐妹二人抱回家中，勉强抚养。

　　赵飞燕天生丽质，加之身姿纤细，有幸被送到公主府上，开始学习舞蹈。

　　天资聪慧的她，不仅弹得一手好琴，舞姿更是出众惊世。

　　她凭借着动人心魄的舞姿和婉转娇美的歌声，深深地迷住了汉成帝刘骜。

　　自从与赵飞燕相见，汉成帝刘骜就对那抹倩影无法忘怀。眼前尽是她那妩媚的笑容、轻盈的舞姿。

　　第二日，刘骜便迫不及待地将赵飞燕接到了宫中，封为了婕妤。

　　此后的赵飞燕，是幸福的，也是可悲的。她想做飞在天上的燕子，却被锁在了尔虞我诈的深宫之中无法动弹。

　　后宫你争我夺、勾心斗角都是常有的事，为了保住自己的地位，不被打入冷宫受尽欺凌，每个妃子都争先恐后地讨好刘骜。赵飞燕亦是如此。

由于能歌善舞，她比一般的妃子更有讨好刘骜的优势。

刘骜对她非常宠爱，甚至为她废除皇后。

她惊艳绝美的容颜，她勾人魂魄的舞姿，犹如一株摇曳在风中的百合，幽香浮动，绽放在一千多年前的大汉王朝。

从私生女到歌舞伎，再到尊享恩宠的皇后，赵飞燕恍若从地狱进入天堂。

那个时代女子梦寐以求的事情，她全都揽于手中。

赵飞燕享受着幸福，殊不知，即将失去一些东西。

翩若惊鸿掌中舞

后宫争宠，是历朝历代不变的主题，赵飞燕那个时代，也不例外。

为了巩固自己在宫中的地位，赵飞燕把孪生妹妹赵合德推荐给皇帝。

赵合德被皇帝封为昭仪。

女人的爱情是无私的。有时候，女人为了心上人付出一切也在所不惜，哪怕是生命；而爱情也是自私的，即使是心胸再宽广的人，也无法容忍与别人共侍一夫。

身处后宫带来的悲哀让赵飞燕成为了沉默的女子，无言就是最大的语言，无论委屈多大，也不会轻易地说出口。

刘骜那颗心忽明忽暗、时远时近，如雾里看花，一片朦胧，令赵飞燕没有安全感。她也曾细心斟酌，却始终无法看清。

距离远了，心也就远了。

他是高高在上的皇帝，他有薄情的权力。

她的心思并不复杂，也没有那么多的诡计，后世却给她安上了秽乱宫闱的罪名。

所有人都指责她的心狠手辣，她的无情刻薄。没有人能照亮这个悲凉孤独的灵魂，人们不也不会用自己冷静的头脑去做公平的评判。

后人唾弃赵飞燕，称她是"红颜祸水"。

权力太过诱人，即使是女子，也无法做到"不干朝政"，但是，赵飞燕做到了。尽管如此，"祸国殃民"的帽子还是扣到了她的头上。真是"欲加之罪何患无辞"啊！

这为刘骜抛弃赵飞燕找到了借口。

刘骜只不过把赵飞燕当作是一时新鲜的玩物，而她，却执着地想要得到这个男人唯一而永久的爱。

他终究还是看腻了赵飞燕的舞姿，不再痴迷，转而喜欢其他刚刚如花般绽放的妃嫔。

一个又一个寂寞无眠的夜晚，赵飞燕独自在空旷的宫殿外，在银色的月光下翩翩起舞。只可惜已无人赞叹，她只能孤芳自赏，暗暗流泪。

曾经，那水晶盘上的曼妙身姿，舞在千年之前的西汉，也舞出了刻骨的冷寂；而今，那个美艳的舞娘，化身成天外云燕，绕梁几尺，不绝于耳，像在诉说前世的情爱因果。

无法诉说的悲哀

赵飞燕早已逝去,后世对她的评价大部分是"红颜祸水"这四个字,认为她的故事更多是负面的。

一位柔弱女子怎能撼动一座百年王朝?

汉成帝刘骜,早在做太子时就贪酒好色。

他刚刚继位,就诏告天下,广选天下美女。随后委政于外戚王氏,自己沉迷于酒色歌舞之中。

他不满足于后宫三千佳丽的莺歌燕舞,时常微服出游,到外面厮混。

鸿嘉三年,成帝微服出游路过阳阿公主家。

阳阿公主知道成帝好色成性,早已训练了几个歌女等着成帝观赏,其中就有赵飞燕。成帝一见倾心,即收入后宫。

赵飞燕有个妹妹叫赵合德,与飞燕相比又是另一种风姿，经赵飞燕推荐，也被刘骜看中，收入宫中。

皇上如此荒淫无度，朝廷上下的风气可想而知。

当时，汉朝政治已十分黑暗，贪赃枉法，贿赂公行，大小官吏无不以搜刮民财为首要目的，有几个正直官吏不是被陷害而死，就是被排挤出官场。

百姓生活在水深火热之中，衣不蔽体，食不果腹。在走投无路的情况下，农民不断举行起义，汉朝江山摇摇欲坠。

汉成帝对此无动于衷，每日往返于赵氏姐妹之间寻欢作乐。

对于汉成帝的昏庸无度，人们把罪过加在了赵飞燕身上。

殊不知，就算没有赵飞燕，汉成帝也会沉迷在其她女人的温柔乡里。

赵飞燕，不过恰好出现在那个历史舞台上。

千百年时光流转，人们对这位传说中的狐媚女人产生了好奇，她的传说由此变得愈加扑朔迷离。

第一个传说是关于她身轻如燕的故事。

传说赵飞燕身材瘦削，体态轻盈多姿，起舞翩翩犹如燕子自如。

历史上有"燕瘦环肥"的说法，燕，就是赵飞燕；环，就是唐玄宗的贵妃杨玉环。

为了取悦皇帝，她令工匠在皇宫太液池建造了一艘华丽的御船，叫"合宫舟"。

一日，成帝带着飞燕一同泛舟赏景。飞燕在船上翩翩起舞，舟至中流，狂风骤起，险些将身轻如燕的赵飞燕吹倒，冯无方奉成帝之命救护，扔掉乐器，拽住皇后的两只脚不肯松手，飞燕则继续歌舞。

此后，宫中便流传"飞燕能作掌上舞"的佳话。

唐代诗人徐凝在他的《汉宫曲》中形容道：

赵家飞燕侍昭阳，掌中舞罢箫声绝。

掌中舞从此成了赵飞燕的一个独有标志。

关于赵飞燕的舞蹈，有着浓重的传奇色彩。

《西京杂记》有写：

赵后体轻腰弱，善行步进退。

《赵飞燕别传》有写：

赵后腰骨纤细，善踽步而行，若人手持花枝，颤颤然，他人莫可学也。

赵飞燕体态极其轻盈，每当她纤腰款摆、迎风飞舞时，就好像欲乘风而去一般。

赵飞燕亦善鼓琴，《西京杂记》记载她有一张琴名为"凤凰宝琴"。

第二个传说是关于赵飞燕假孕的故事。

传说讲述了赵飞燕不能怀孕的原因，宋代秦醇的《赵飞燕别传》中，曾写道"欲为自利长久计"。

赵飞燕因为跳舞，把自己变得过于瘦弱，因而不能生育。后来她装作怀孕，想要到宫外领养一个孩子，却未能得逞，只好对汉成帝说孩子已经夭折了。

依照现代的医学来说，确实应该是跟她一直保持的身材有关，太瘦和太胖的人都不适合生育。

当然真正的原因是什么样的，也只有当事人才知道。